SANTILLANA USA DE IMPACTO™ niños

¿Qué sigue?

LECTURAS GRÁFICAS

Michelle Shalton
Ilustraciones de Franfou Studio

Consultores del Programa de Alfabetización
David Booth • Larry Swartz

Traducción/Adaptación: Lada J. Kratky

¿Qué sigue en este patrón?

PERSONAJES

La Sra. Pérez y sus estudiantes

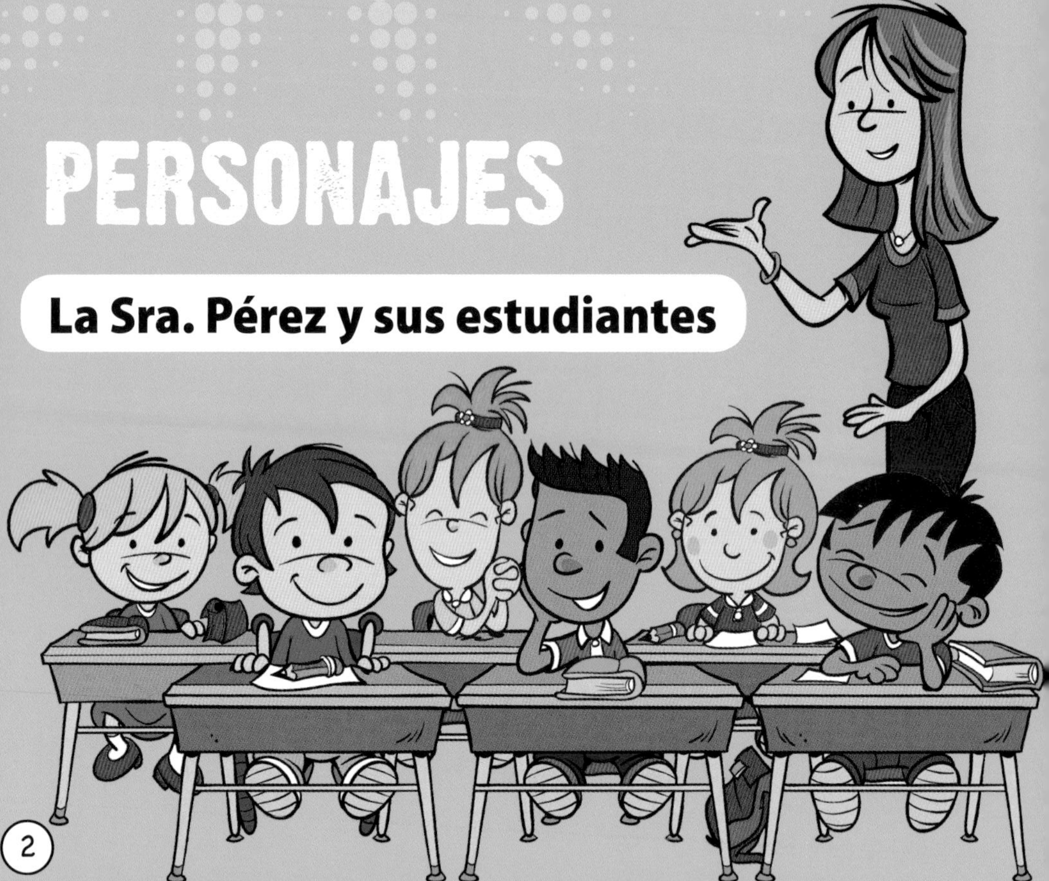

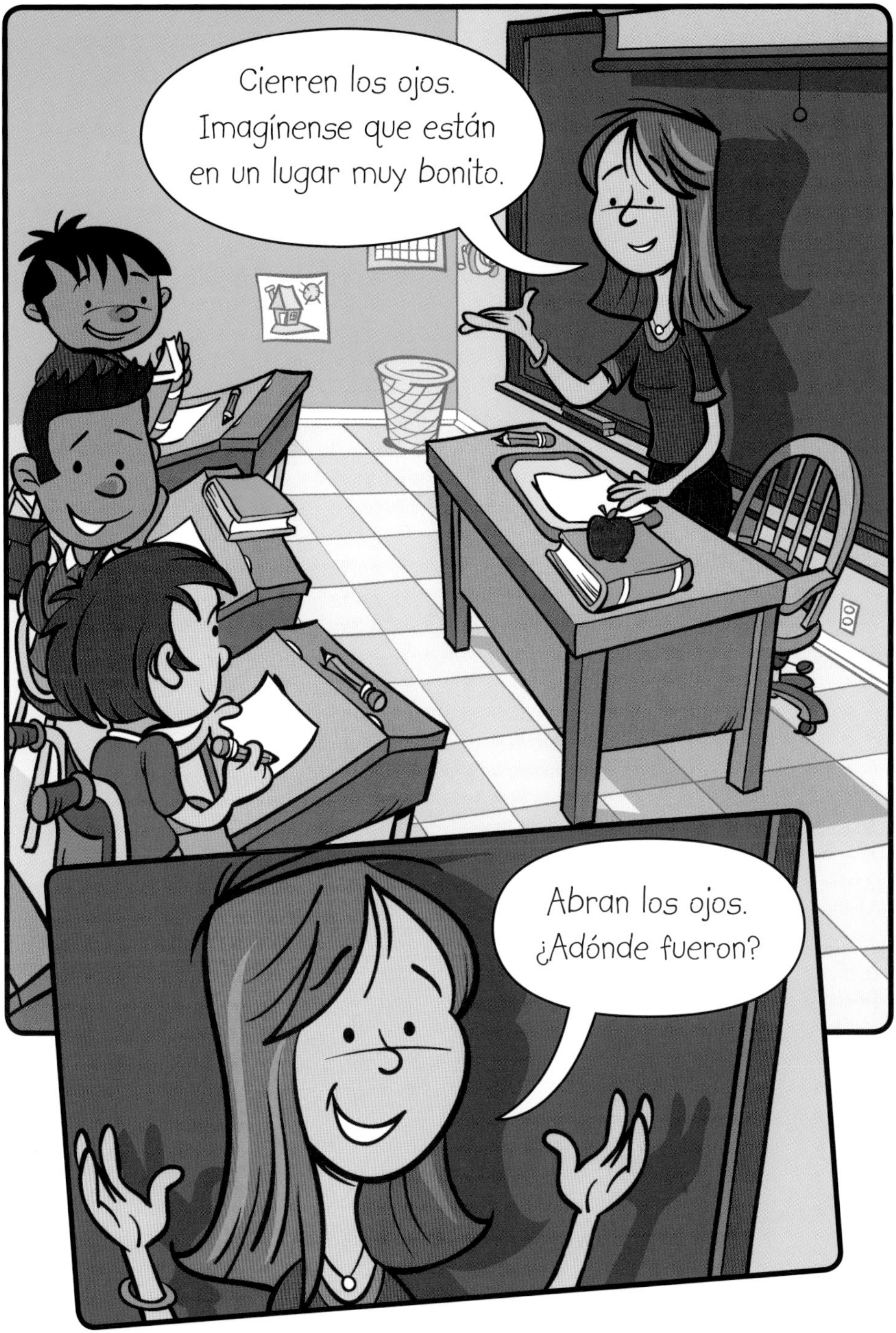
Cierren los ojos. Imagínense que están en un lugar muy bonito.
Abran los ojos. ¿Adónde fueron?

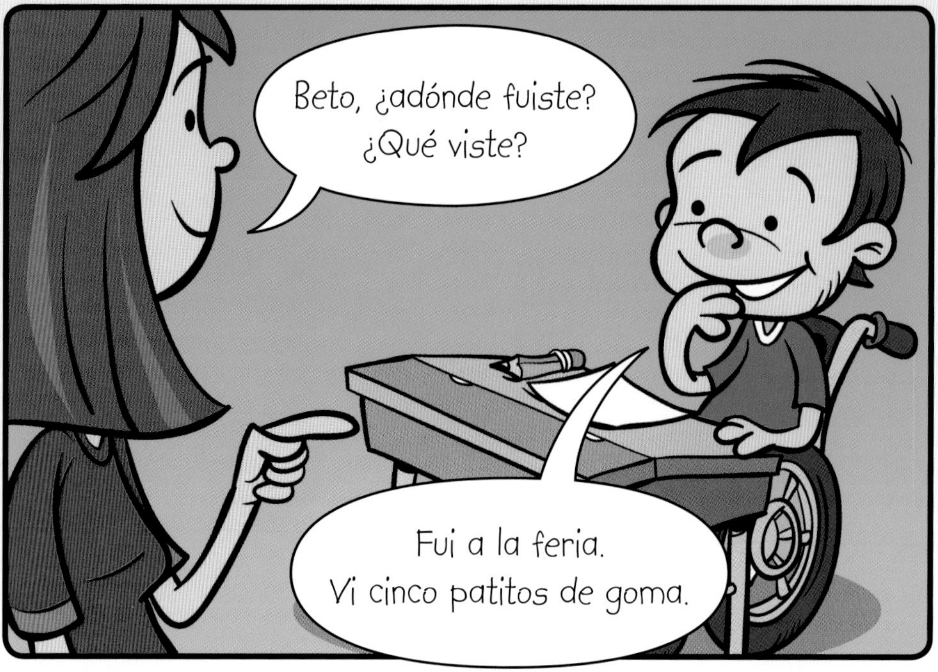
Beto, ¿adónde fuiste? ¿Qué viste?
Fui a la feria. Vi cinco patitos de goma.

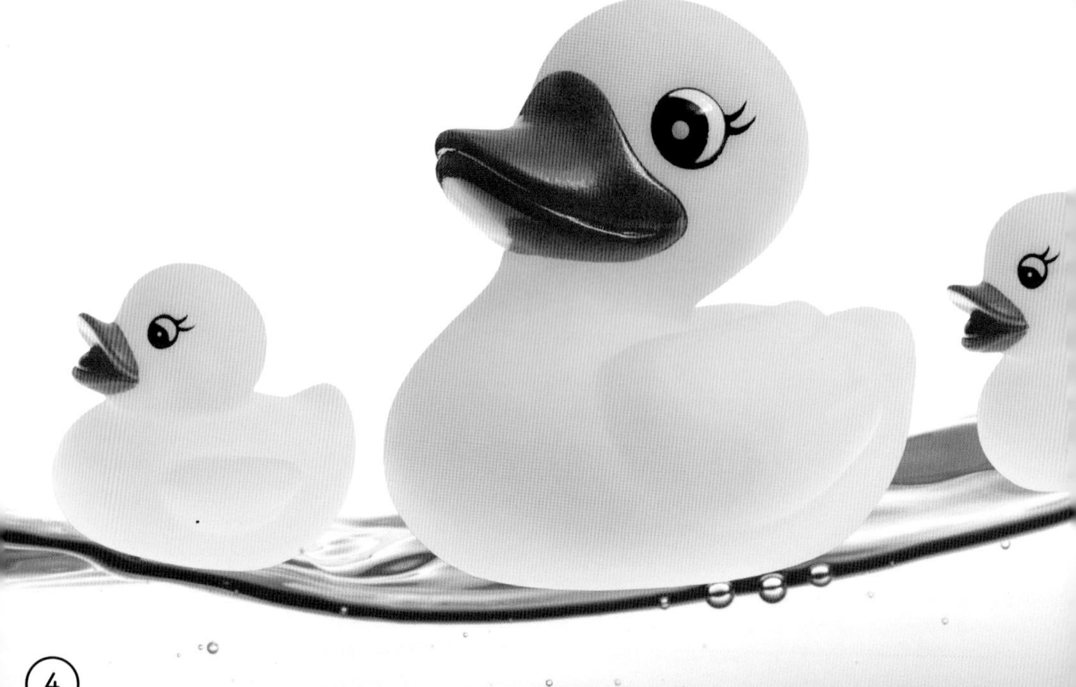

¿Ves el patrón?

¿Qué sigue?

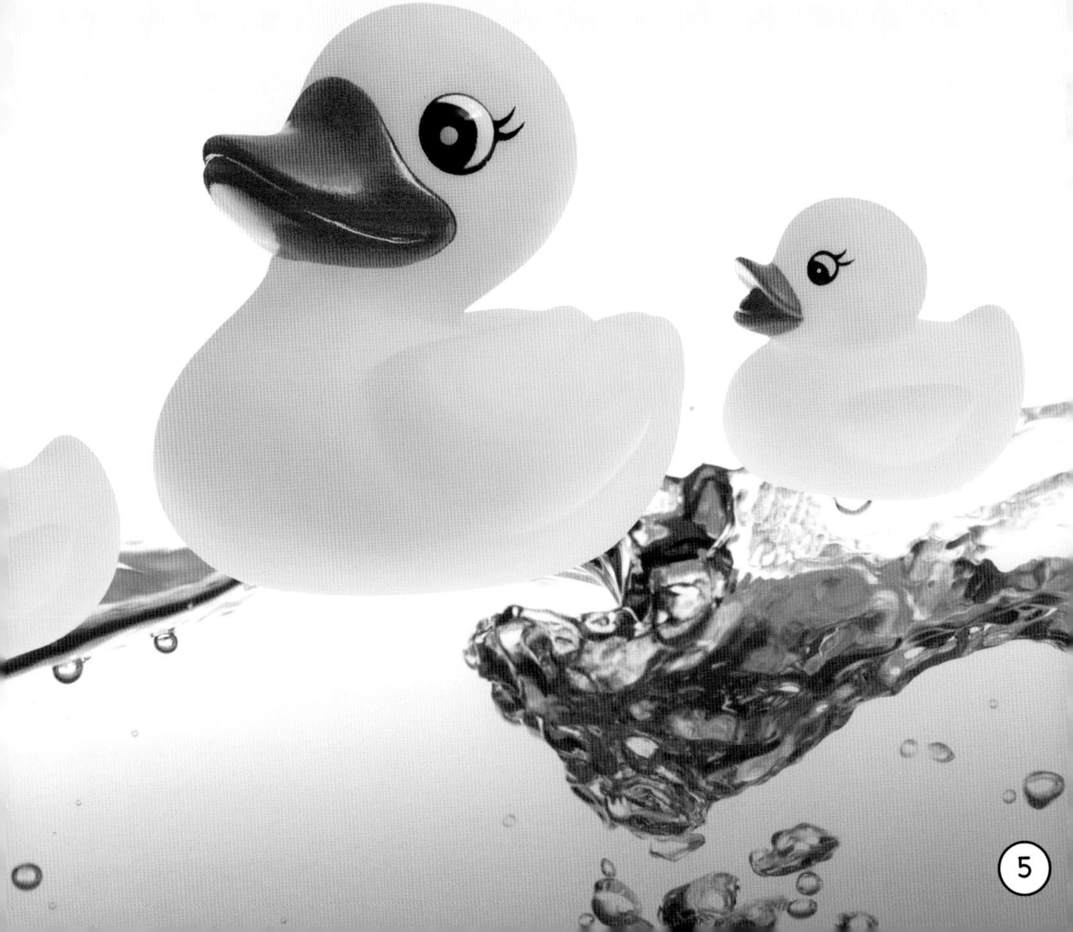

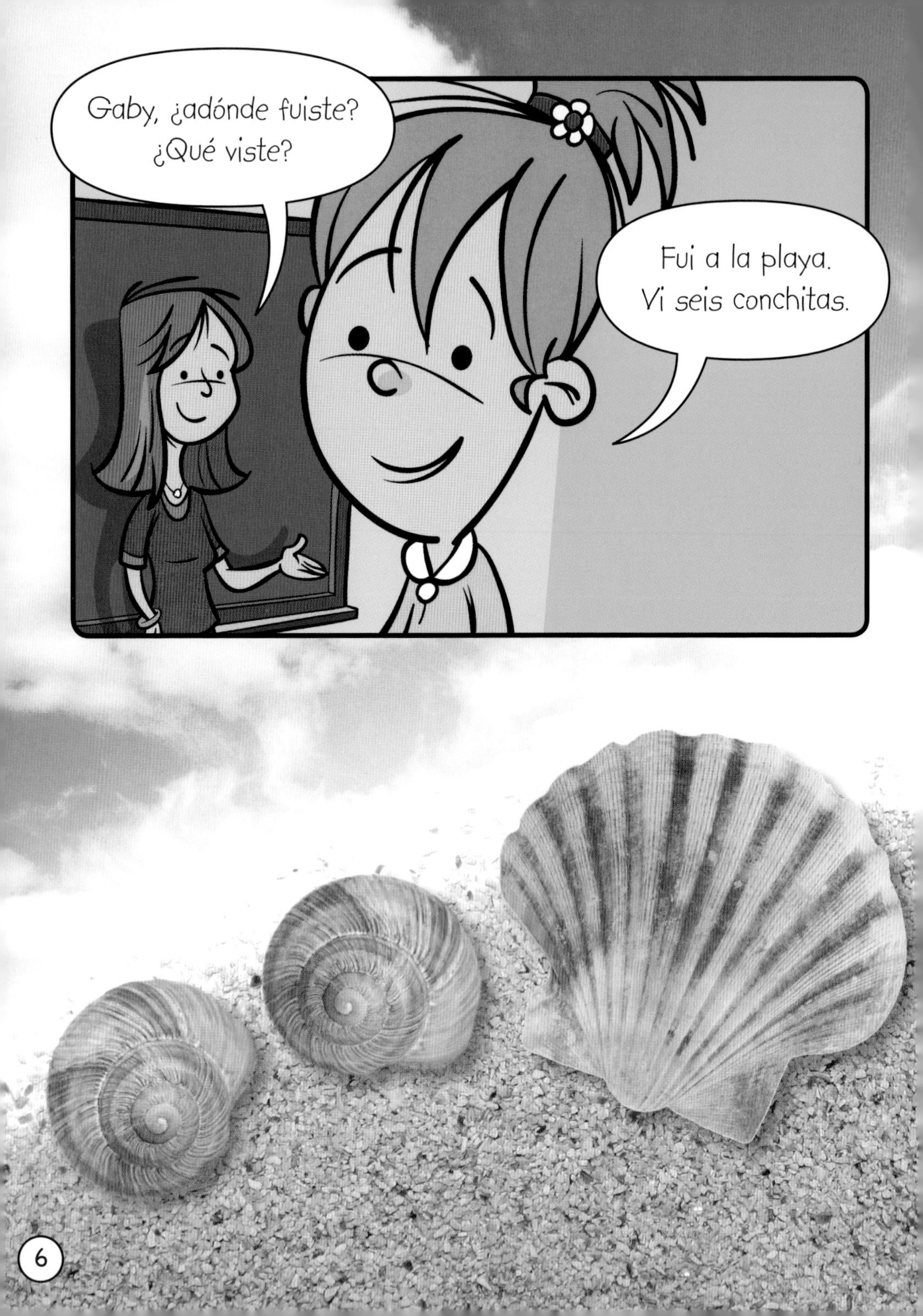
Gaby, ¿adónde fuiste? ¿Qué viste?
Fui a la playa. Vi seis conchitas.

¿Ves el patrón?

¿Qué sigue?

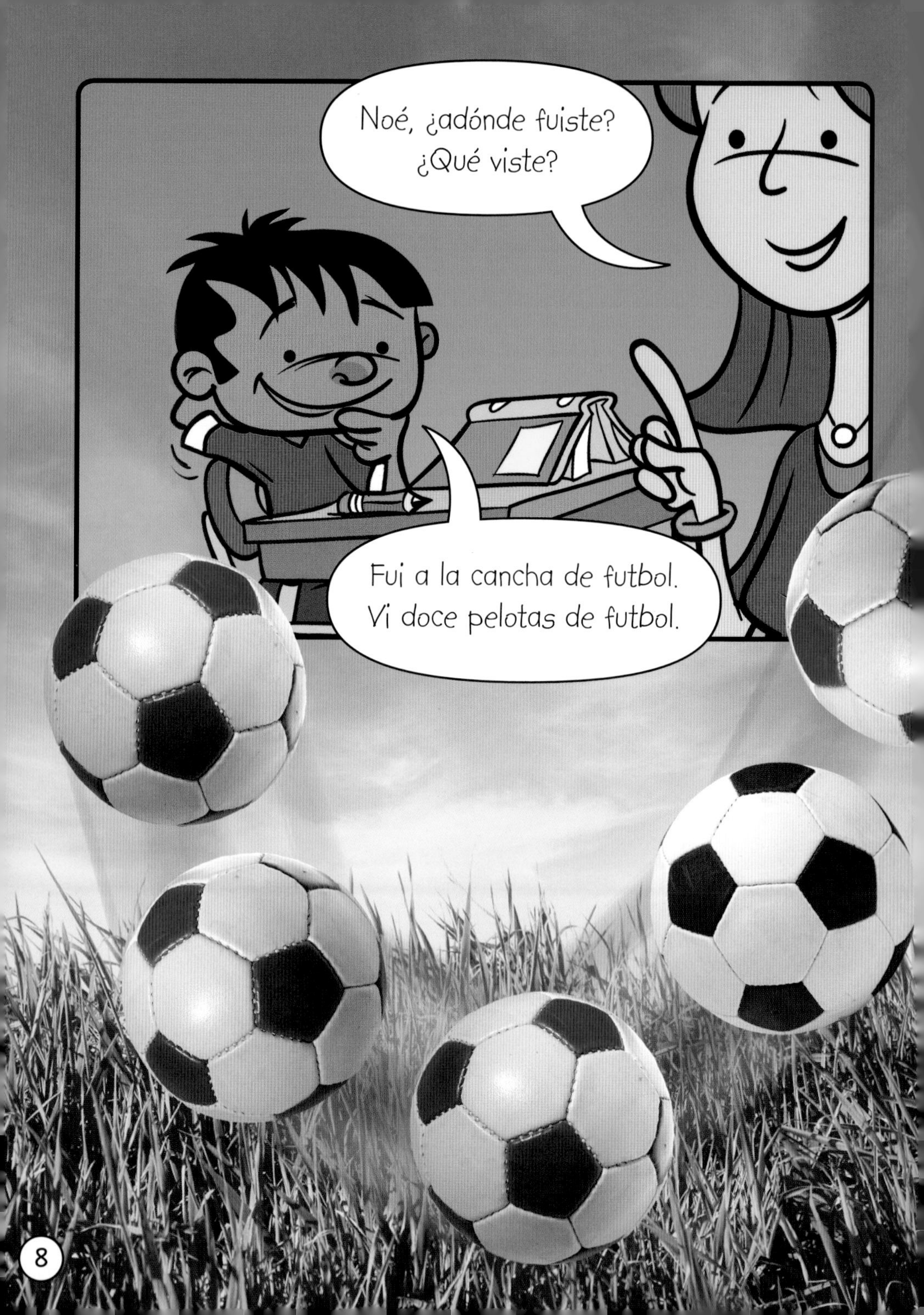
Noé, ¿adónde fuiste? ¿Qué viste?
Fui a la cancha de futbol. Vi doce pelotas de futbol.

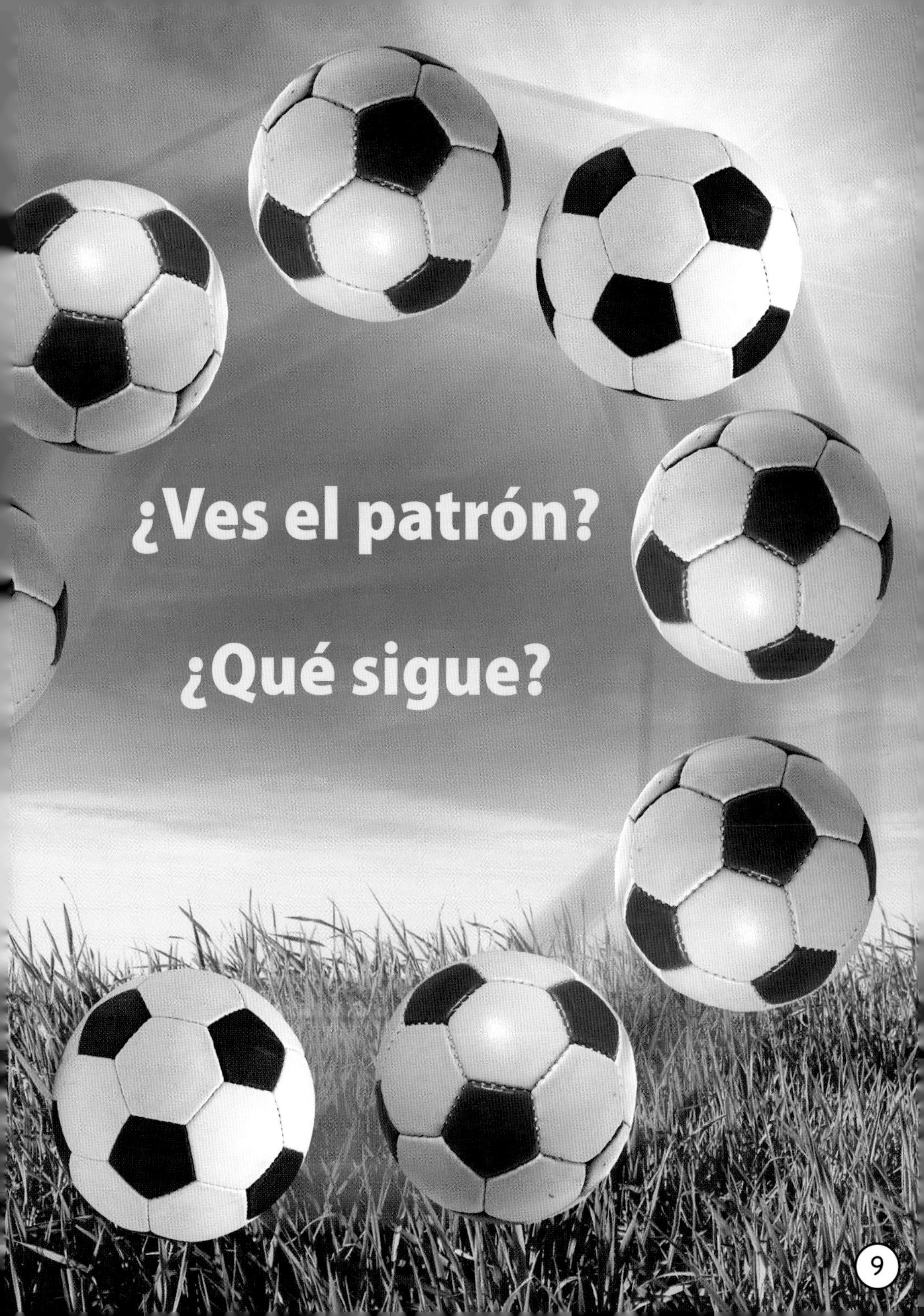

¿Ves el patrón?

¿Qué sigue?

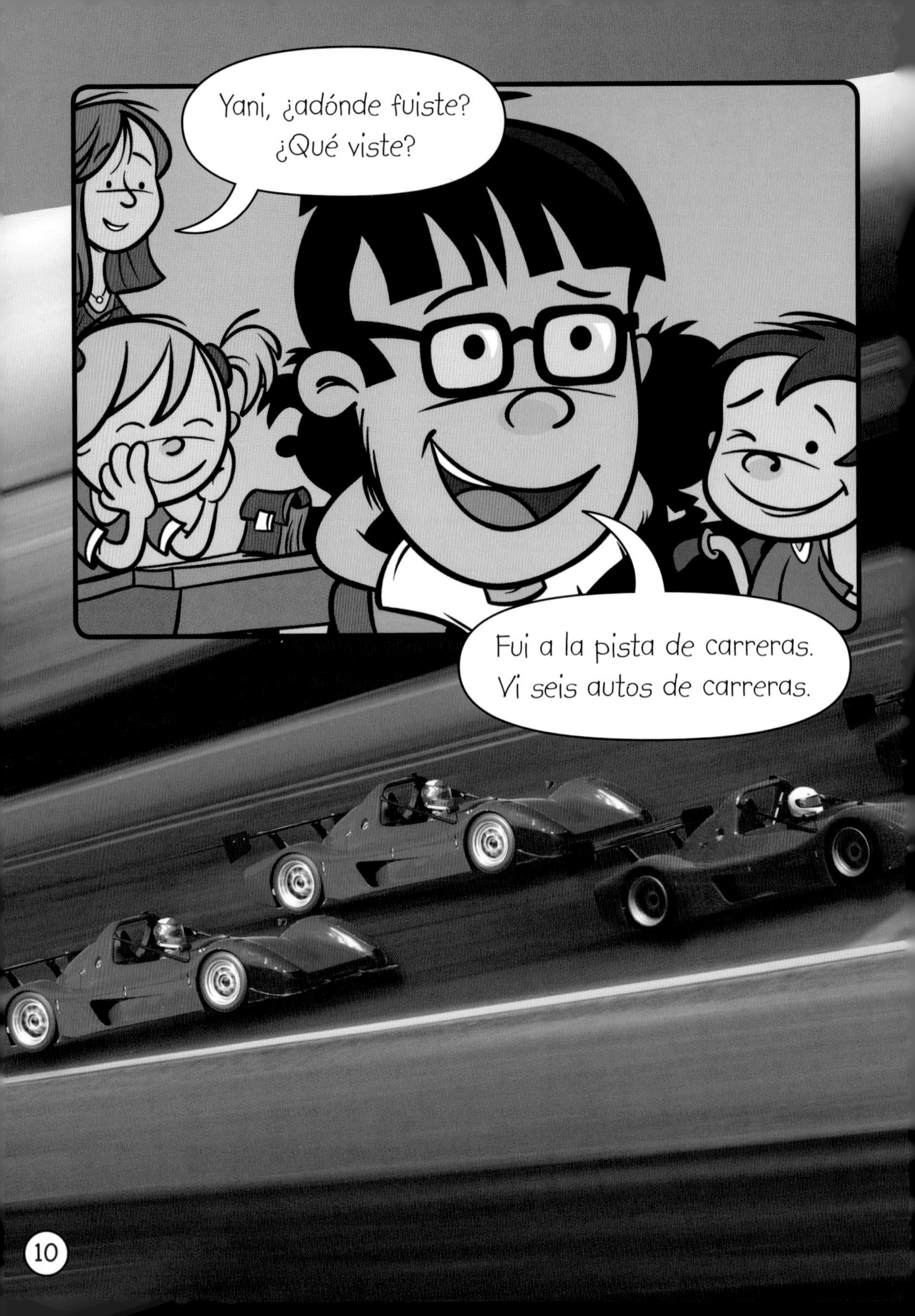
Yani, ¿adónde fuiste? ¿Qué viste?
Fui a la pista de carreras. Vi seis autos de carreras.

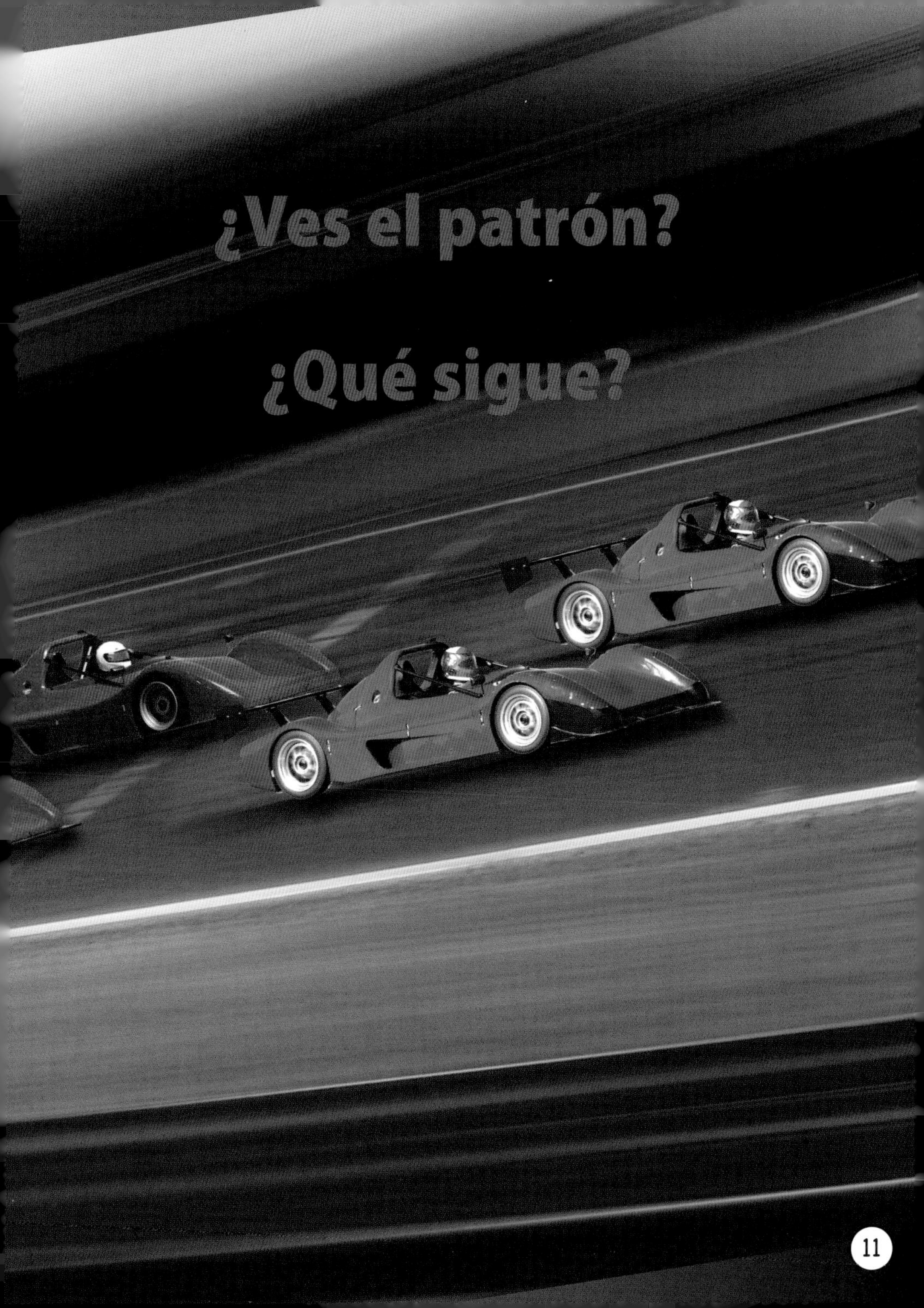

¿Ves el patrón?

¿Qué sigue?

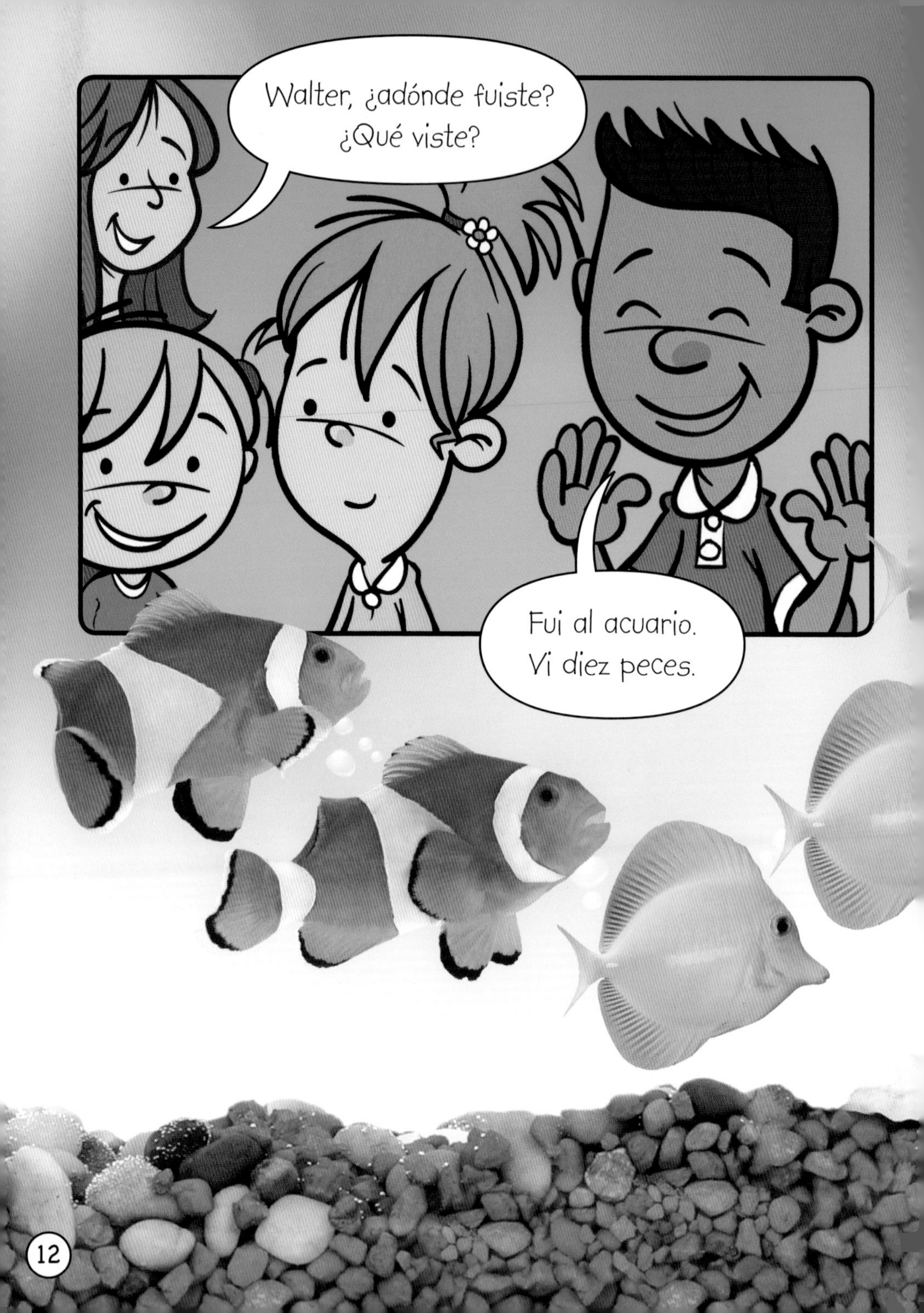
Walter, ¿adónde fuiste? ¿Qué viste?
Fui al acuario. Vi diez peces.

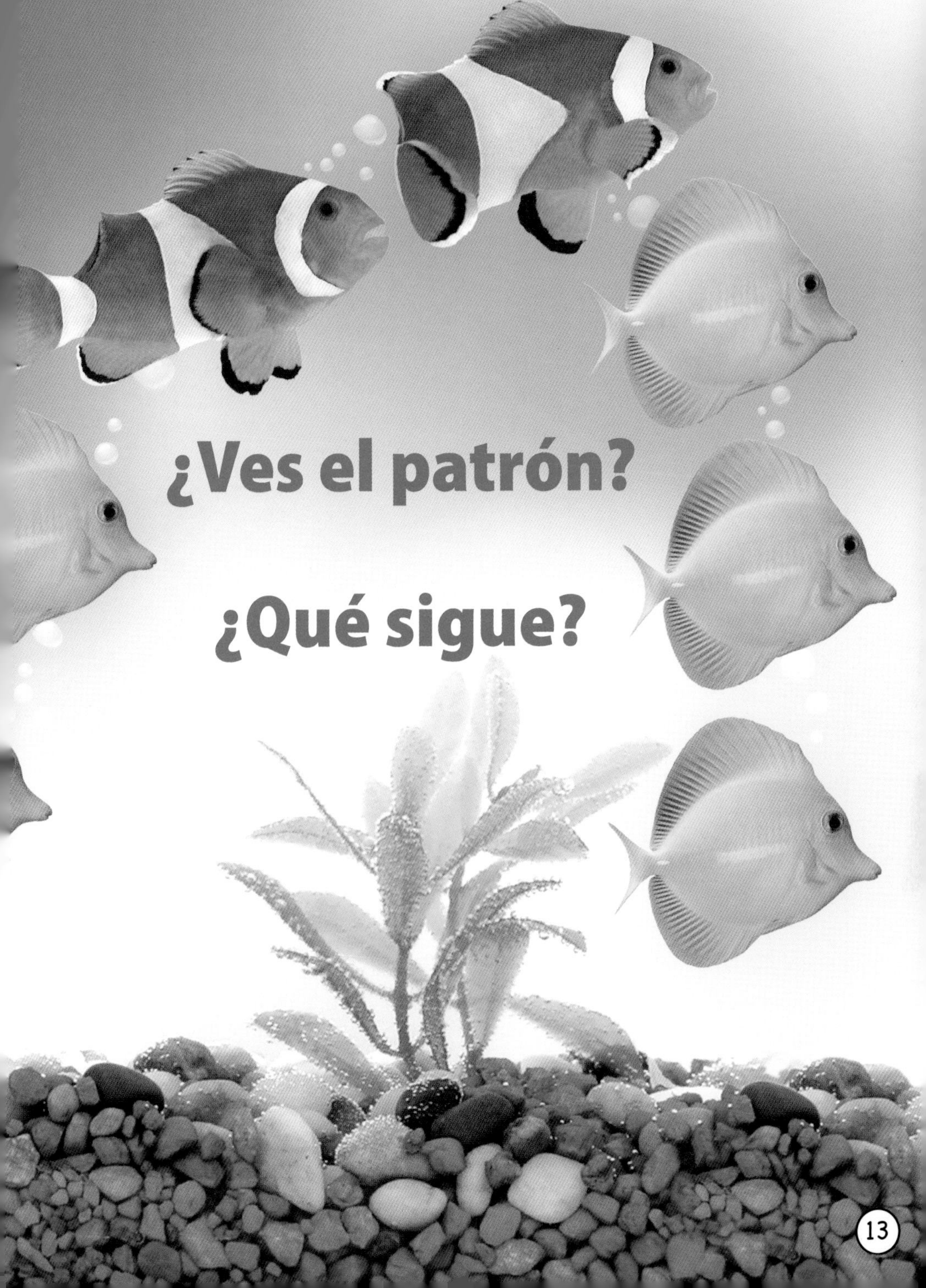

¿Ves el patrón?

¿Qué sigue?

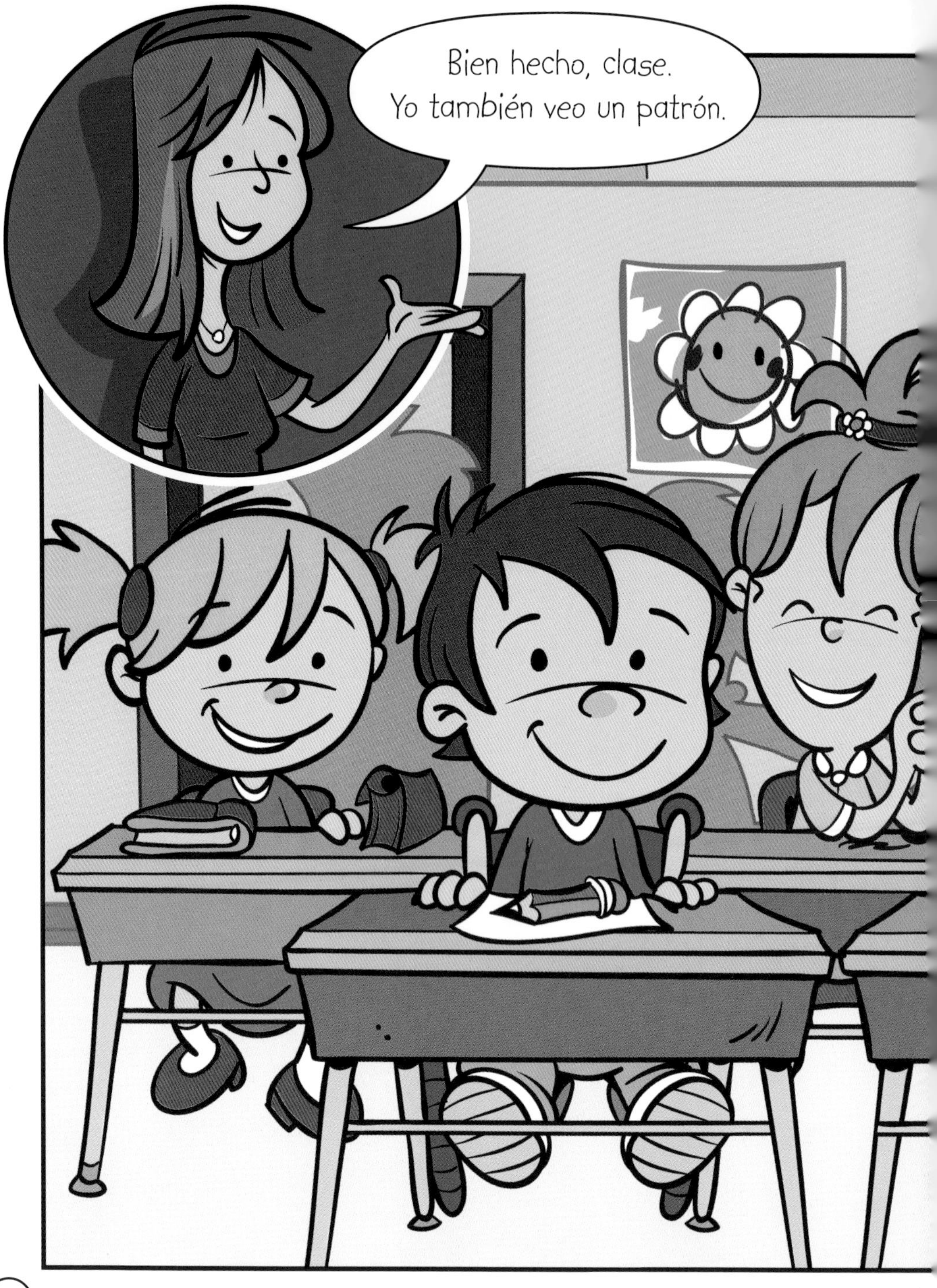
Bien hecho, clase.
Yo también veo un patrón.

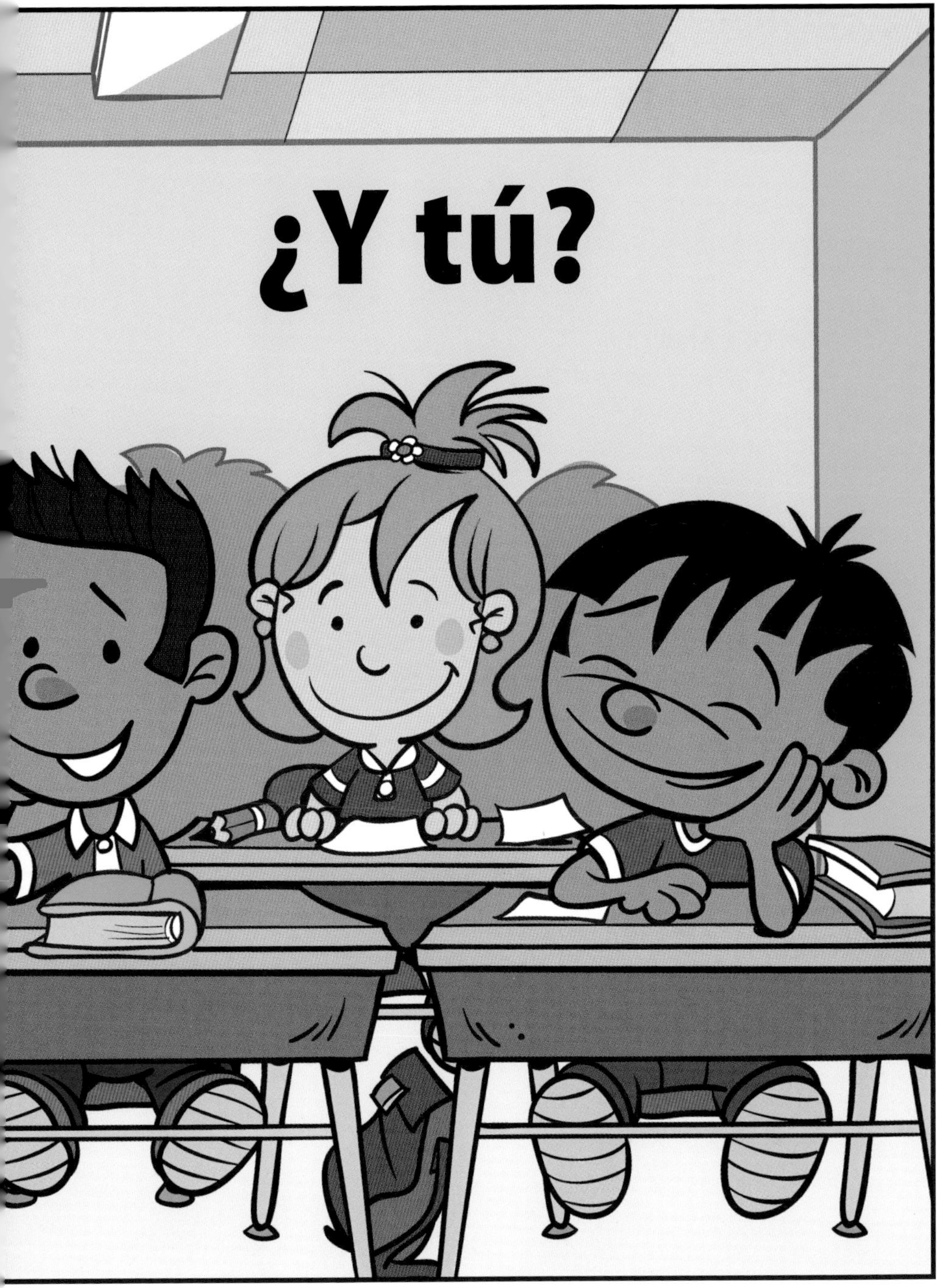
¿Y tú?

SANTILLANA USA
Language Education Experts

Santillana USA Publishing Company. Inc.
2023 NW 84th Avenue, Doral FL 33122
www.santillanausa.com

Editorial Director: Isabel C. Mendoza
Translation/Adaptation: Lada J. Kratky

Ru'bĭcon   www.rubiconpublishing.com

Spanish Language Edition
Project Editor: Mariana Aldave
Designer: Jennifer Drew

English Language Edition
Editorial Director: Amy Land
Project Editor: Dawna McKinnon
Creative Director: Jennifer Drew
Art Director: Rebecca Buchanan
Senior Designer: Doug Baines

ISBN 978-1-4869-0168-5

2 3 4 5 6 7 8 9 10   26 25 24 23 22 21 20 19 18 17

Printed in China